UNE

CORINTHIENNE.

DÉDIÉ

A M. CASIMIR DELAVIGNE.

A PARIS,

CHEZ MASSON FILS AÎNÉ, LIBRAIRE,

QUAI MALAQUAIS, N°. 13.

M DCCC XXIII.

UNE

CORINTHIENNE.

53,333

UNE
CORINTHIENNE.

DÉDIÉ

A M. CASIMIR DELAVIGNE.

A PARIS,
CHEZ MASSON FILS AINÉ, LIBRAIRE,
QUAI MALAQUAIS, N°. 13.

M DCCC XXIII.

A

M. CASIMIR DELAVIGNE.

O Chantre harmonieux des libertés du monde ,

Dont la verve élégante, en grands traits si féconde,

Jamais d'un vil encens ne flétrit le pouvoir ,

Et n'obéit jamais qu'aux ordres du devoir ,

Pardonne, si mes mains ont touché cette lyre

Où, sous tes doigts vainqueurs, la vérité respire ;

Si j'ose, après tes vers, célébrer les transports

D'un grand peuple échappé de l'asile des morts ,

Et si des sentimens qu'avec toi je partage ,

Plutôt que du talent, je t'offre ici l'hommage.

UNE

CORINTHIENNE.

———◆◆◆◆◆◆———

DÉ JA le jour n'est plus : la mer écume et gronde,
Le Despotisme dort sur les débris du monde ;
On n'entend que le bruit des murmures de l'onde
    Que tourmentent les vents.

Attendant sans espoir les vengeances divines,
La Grèce assise en deuil au sein de ses ruines,
Regardait, en pleurant, les flots de Salamines
    Et le défilé des Trois Cents !

Grand Dieu ! Qu'as-tu donc fait de cette antique gloire
Que le peuple présent passe au peuple à venir,
Et de ces jours fameux remplis par la victoire ?
    Mon plus douloureux souvenir !

Serai-je encor long-temps le jouet et l'esclave
Du soldat d'Ismaël, qui m'insulte et me brave;
Qui ne parle jamais qu'en élevant son bras,
    Et dont l'amour insolent et farouche
Me contraint chaque jour de livrer à sa couche
La fille d'Aristide ou de Pélopidas?

S'il me faut plus long-temps subir l'ignominie,
Si je dois voir encore, au sommet de mes tours,
Cet étendard sanglant qui menace toujours;
Maudissant tout l'éclat d'une éternelle vie,
Victime d'un tyran, sans l'avoir mérité,
    Je réclame de ta bonté
    Le droit de perdre l'infamie,
    En perdant l'immortalité!

        .   .   .   .

    Du sommet de cette tourelle
    Que l'onde bat de toutes parts,
    Au pied tremblant de ses remparts,
Le Musulman féroce a porté ses regards!
    Il saisit son arme cruelle!.....

Mais le plomb meurtrier n'a su frapper que l'air,
Et son poids odieux fait bouillonner la mer,
    A ma cause toujours fidèle.

   . . . .

   . . . .

Je la vois s'avancer au travers de la nuit :
    Elle est tremblante ! et c'est bien elle
    Que le fils d'Ismaël poursuit.

Où portes-tu tes pas, respectable étrangère,
Et que viens-tu chercher sur ce sol de misère ?
— Je ne demande rien que l'hospitalité !
— O femme ! éloigne-toi d'un despote irrité,
Fuis : ce n'est plus ici la terre hospitalière
    De mes antiques défenseurs ;
    Ils sont tous morts ! et leur poussière,
Que depuis cinq cents ans fertilisent mes pleurs,
Du Seigneur vainement réclame le tonnerre
    Contre d'obscurs profanateurs.
Hâte-toi, hâte-toi d'éviter leurs fureurs ;

UNE CORINTHIENNE.

Sur cette terre infortunée,

De ses plus saints droits détrônée,

On n'admet que des oppresseurs.....

Mais.... avant de me fuir, dis-moi, noble étrangère,

Dis-moi ton nom. — Tu méconnais ta mère,

Moi qui dans ce pays ai reçu la clarté !

Ingrate enfant, il m'a bien devinée,

Le farouche gardien qui te tient enchaînée !

Reconnais-moi; Je suis la Liberté !

Par un sublime effort tout-à-coup soulevée,

A ce nom tout-puissant la Grèce s'est levée !

O Déesse immortelle ! oui, je te reconnais,

Et trois mille ans passés n'ont pu changer tes traits !

Mes malheurs ne sont plus, si tu viens les défendre,

O Liberté ! c'est toi qu'appelaient tous mes vœux !

J'ai senti remuer la cendre

De mes héros les plus fameux :

Vous irez consoler leurs mânes malheureux,

UNE CORINTHIENNE. 11

Tyrans, dans le tombeau vous allez tous descendre !
    Bientôt vous irez leur apprendre
Que le bonheur renaît pour leurs tristes neveux !

Mais d'où viens-tu?.... D'où vient qu'en fugitive,
D'Athènes dans les fers et de Sparte captive
    Je te vois saluer les bords?
    De la renaissante Italie,
      Si longtemps avilie,
On disait, que guidant le bras et les efforts,
    Au nom sacré de la patrie,
Le front ceint de lauriers, tes généreuses mains
Devaient jusqu'en leurs bois repousser les Germains,
Et que foulant le joug d'un hideux esclavage,
Enfin leurs bataillons retrouvaient le courage
    De ces Samnites indomptés,
Par trois siècles vaincus, mais toujours redoutés !

Qu'a fait de glorieux leur tardive vaillance ?
Dans le sang des Teutons en rougissant leur lance,
    En secouant la poudre de leurs fers,

Par d'éclatans et solennels revers,

Auraient-ils à leur tour étonné l'univers?...

Auraient-ils imité ces fils de la victoire,

Héros de leur pays, héritiers de ma gloire,

Dont l'inébranlable valeur

Préféra le trépas à des jours sans honneur,

Sut illustrer toute une armée,

Et d'une immense renommée

Environner leurs derniers pas,

Par le sublime cri, noble chant funéraire,

Qu'ils répétaient en chœur, à leur heure dernière,

En rejoignant Léonidas?

Sans doute que le monde a frémi de leur chute,

Puisque les yeux en pleurs tu revois tes enfans;

Sans doute aux noirs corbeaux l'affreux vautour dispute

Leurs cadavres sanglans,

Et le roi des Germains, au sein de la conquête,

N'a pas d'abri dans la tempête,

Et ne peut reposer ses crimes et sa tête

Que sur un tronc brisé de leurs vieux monumens,
　　Renversés jusqu'aux fondemens !

Honneur trois fois ! salut à ce noble courage
Qui, s'il n'a pas su vaincre, a du moins su mourir !
Dans tes bras caressans tu le vis s'endormir ;
　　Hommage à son dernier soupir !

　— Pour les braves d'une autre plage,
Ma fille, de ta voix réserve les accens,
　　Et ne profane pas tes chants !
Ne couvre pas de fleurs la honte et l'infamie :
　　Elle a trahi sa vieille amie,
　Et, repoussant son brillant avenir,
Elle a baisé la main qui venait la punir ;
　　Parthénope n'a su que fuir !

A la fois je la vis, guerrière et citoyenne,
　　Au son belliqueux des clairons,
　　　Rassembler dans la plaine
　　L'essaim nombreux des bataillons

Que mon amour à sa défense amène,
Et présenter encore à l'effroi des tyrans,
Sur leurs trônes tremblans,
Le saint flambeau de Démosthène !

La victoire suivait, je conduisais ses pas :
Enfans ! devant vos portes
Des stupides Germains ont paru les cohortes ;
Enfans ! ne m'abandonnez pas !

Tu fuis ! où cours-tu donc ? quelle est ton espérance,
Parthénope ? est-ce ainsi que tu sers ma vengeance ?
Le fer que j'ai remis dans vos indignes mains ;
Soldats ! vous le livrez aux fureurs des Germains !
Vous tombez à genoux !.... Vous méritez de vivre !....
Vous ne méritez pas que la mort vous délivre !
Entendez-vous sa voix ?.... le Samnite est honteux
De tout ce que j'ai fait pour ses lâches neveux !
Allez, vils descendans de généreux ancêtres ;
Allez, servez, rampez sous les pieds de vos maîtres !

Sous leurs drapeaux flétris courez tous vous ranger :

Il est grand, il est beau de servir l'étranger !

Adieu, je pars!..... Esclaves!..... je vous laisse!

Le temps est arrivé de réveiller la Grèce,

Et vous ne reverrez jamais la liberté,

Si l'on n'est libre un jour malgré ma volonté!

Regarde, vois-tu bien du côté de Messène

  Cette lumière éclatante et soudaine?....

Des flots du Parmissus elle éclaire le cours :

Le Seigneur ne veut pas que tu souffres toujours!

Sur le sein profané de la vierge d'Athène,

L'oppresseur est surpris! Il meurt sans pouvoir fuir;

Ainsi qu'il a vécu, nous le voyons finir :

Il tombe tout sanglant sous l'affreux cimeterre

  Que le Grec arrache à sa main....

Tu blasphèmes, tyran! Hâte-toi; car demain,

  Tu n'ouvriras plus la paupière!

Sorti d'un long et pénible repos,

Un peuple tout entier se presse dans la plaine

Libérateur de l'antique Pylos,

Il a reparu dans Messène;

D'Agamemnon, d'Oreste et de Plisthène,

Il a refermé les tombeaux!

Ils ont brisé leur chaîne! Ils ne sont plus esclaves,

Ma Fille.... Que tes mains s'imposent sur tes braves!

Devant Tripolizza contemple tes vengeurs,

Entends les cris des mourans oppresseurs!

Le bronze tonne, et les coups de ma foudre,

En écrasant leurs défenseurs,

Ont réduit ses remparts en poudre :

Grèce, console-toi, tes enfans sont vainqueurs!

Du bruit de leurs succès vois l'Europe ébranlée,

Rappeler la vieille exilée,

Venir de toutes parts la chercher sur tes bords;

Mais vois aussi l'odieuse insulaire,

Vois l'ingrate Albion comprimer tes efforts,

Et percer le sein de sa mère !...

O vous, dont l'injustice a resserré mes fers,

Légitimes tyrans du trône de Mysore,

Despotes insolens de l'empire des mers,

Soutiens déshonorés des tyrans du Bosphore,

Préparez-vous à d'étonnans revers :

Un grand homme a paru pour venger l'univers !

Il arrive ! Il descend ! A la terre sacrée

De Salamine et de Platée,

Aux champs fameux de Marathon,

Un grand homme est venu demander un grand nom !

Sa valeur, jeune encore, a quitté sa patrie,

Pour mieux apprendre à la servir un jour ;

Il nous a consacré tout l'éclat de sa vie ;

Nous lui devons un glorieux retour.

Allons, Enfans ! marchez sous sa bannière !

Sa fortune s'attache à nos heureux drapeaux ;

Et l'Alcoran impur, traîné dans la poussière,

Présage à l'univers des prodiges nouveaux.

Reprends ta Lyre, ombre plaintive et sainte,

Noble Arion, viens chanter mes héros;

Pour la troisième fois nous revoyons Corinthe,

Et de sa double mer nous saluons les flots.

Mon vengeur nous conduit aux débris du Pyrée;

Thèbes renaît enfin! Larisse est délivrée!

Consolez-vous de trois mille ans d'affronts,

Grands hommes de la Grèce, on proclame vos noms;

De lauriers verdoyans on couronne vos fronts!

Enfans, poursuivez la victoire!

Le brave dont le ciel semble guider les pas,

Ne se repose pas!

D'une nouvelle page il orne ton histoire;

Et dans ces lieux témoins d'un immortel trépas,

Vois son bras protéger les funèbres asiles,

Ma fille, et son génie, à la fleur de ses ans,

Rendre jaloux aux Thermopyles

Les mânes saints de tes Trois Cents!

Tout le présage, Enfans : supérieurs à l'orage,

Aux habitans d'une autre plage,
Aux stériles déserts de l'Arabe grossier,
Nous saurons renvoyer les horreurs d'un naufrage,
Qui serait pour nous le dernier.

Mais si le sort trahissait ma vengeance;
Si je ne devais plus me montrer dans Byzance :
Et si la phalange des rois,
Foulait aux pieds ses devoirs et mes droits,
S'alliait au Croissant, conspirait ma ruine,
Et dans les flots de Salamine
Abîmait sans pudeur l'étendard de la Croix;
Non ! nous n'attendrons pas ta colère divine,
Grand Dieu ! nous ferons honte à ces indignes rois !
Et quand ta justice endormie,
Lasse de son sommeil;
Daignera songer au réveil,
Tu ne la trouveras qu'en lui rendant la vie,
Cette Fille longtemps chérie,

Des tyrans l'éternel effroi,

Vieille comme le monde, et grande comme toi!

Grèce, plutôt mourir que de vivre avilie!

Mon héros glorieux veut finir avec nous;

Dans le même linceul nous nous confondrons tous...

Et moi, je l'ai juré : Si ma cause succombe,

Ma Fille, c'est ici que j'ai choisi ma tombe;

C'est dans mon illustre berceau

Que la gloire et l'honneur ont marqué mon tombeau!

IMPRIMERIE DE GUEFFIER, RUE GUÉNÉGAUD.